8 yth 19886

Paris
1793

La Marteliere

Le Tribunal redoutable

LE TRIBUNAL

REDOUTABLE.

RÉSERVES DE L'AUTEUR.

Je soussigné pour me conformer à la loi du 30 août dernier, déclare qu'en publiant la présente piece par la voye de l'impression, j'entends me réserver expressément tous mes droits sur les représentations qu'elle pourroit avoir dans toute l'étendue de la République française, à Paris, ce 7 mars 1793.

LAMARTELIERE.

La minute de la présente déclaration est déposée chez Me. Hua, notaire, rue de l'ancienne Comedie française.

LE TRIBUNAL REDOUTABLE,

OU

LA SUITE DE

ROBERT

CHEF DE BRIGANDS.

DRAME EN CINQ ACTES, EN PROSE.

PAR LE CITOYEN LA MARTELIERE.

PRIX, 30 sols.

A PARIS.

Chez MARADAN, rue du Cimetière St. André-
des - Arcs, N°. 9.

Et chez BARBA, au palais de l'Egalité, galerie vitrée.

1793.

PRÉFACE.

C E T T E pièce a eû l'honneur d'être dénoncée publiquement parce qu'il a plû à quelques personnes d'y trouver des rapports entre la situation des personnages et celle de nos affaires politiques. On fût même jusqu'à délibérer en plusieurs endroits et notamment au Palais ci-devant royal, s'il ne serait pas convenable de venir me demander raison de l'ouvrage.

Quelque dangereux que pût être pour moi le résultat de cette délibération, dans un tems sur-tout où l'on mettait si peu de différence entre le soupçon et le crime. (*) J'attendis cette visite avec confiance ; parce qu'il est dans mon caractère de ne point craindre , comme dans mes principes de ne point faire le mal.

Je restai donc chez moi ; mais on avait sans doute changé d'avis, et j'en fus quitte

____

(*) C'étoit peu de tems après les horribles journées du 2 et 3 septembre.

pour quelques réflexions que je fis par-devers
moi, sur la liberté de la presse.

Il était aisé de me justifier des inculpations
absurdes qu'on avoit dirigées contre moi.

La première de ces deux pièces, faite long-
tems avant la révolution, est, comme on
sait, imitée de l'allemand.

La seconde est une continuation de la
même intrigue, un tableau de cette institu-
tion atroce; comme en Allemagne sous le
nom du *Tribunal secret.*

Comme ces deux ouvrages ne présentent
que des faits du quinzième siècle, il ne seroit pas moins ridicule de les adapter aux
circonstances actuelles que de placer le bon-
net rouge sur la tête de Rhadamiste.

C'est pourtant ce qui m'est arrivé : mais l'a-
mour de la paix a seul pû me déterminer à
y faire les changemens que l'on sembloit exi-
ger et que le sujet ne comportoit pas.

Je l'offre donc ici au public telle que je

l'ai faite et conçue. Quant à mes opinions,
je n'ai qu'un mot à dire : c'est que l'homme
qui par goût plutôt que par besoin passe sa
vie à cultiver les beaux arts, est naturelle-
ment ami de la liberté et de toutes les vertus qui l'accompagnent.

PERSONNAGES.

ROBERT, souverain du Comté de Moldar.

ADOLPHE, fils du Comte de Marbourg.

JULIE, femme d'Adolphe.

MAURICE, frère de Robert.

EDMOND, affidé de Maurice.

WOLBAC,

FALKER,

FORBAN, } *Conseillers de Robert et membres du Tribunal.*

Deux députés de Marbourg.

Gardes du prince.

Plusieurs personnes attachées à Maurice.

Deux Pages.

Domestiques à la livrée du prince.

Un officier de la garde du prince.

La Scène se passe au Château de Moldar, en Franconie.

LE
TRIBUNAL REDOUTABLE.

ACTE PREMIER.

Le Théatre représente la salle du Conseil dans le Château de Moldar. Des sièges sont placés de distance en distance.

SCENE I.

ROBERT FORBAN.

ROBERT.

Non, Forban, le bonheur est toujours loin de moi, le souvenir du passé me poursuit : il m'accable, il péze comme un plomb sur mon cœur oppressé.

FORBAN

Eh quoi! souverain d'un état resserré, mais

A

heureux, comblé des bénédictions du
peuple...

ROBERT.

Il me bénit? ah! je sens que ce mot me ras-
sure. — Mais j'ai trempé ma main dans le
sang des hommes ... ce sang est là, il brûle.
en vain j'ai voulu me soustraire aux remords,
en me couvrant de mon respect pour mon
pere, les écarter, en m'environnant des vertus de Sophie, dans la même année la mort
me les enleve. — Il me restait Bertold ce pa-
rent, cet ami généreux, un ordre le rappele à
la cour, pour m'isoler de toute la nature,
et m'ôter jusqu'à l'espoir d'un avenir plus
consolant.

FORBAN

Et ce fils, le gage de votre amour, l'image
de Sophie?...

ROBERT *attendri.*

Un enfant au berceau... Abandonné à des
mains étrangères! jouet des événements...
des passions ou de l'indifférence de ses sur-
veillants. — Quel sort que celui d'un enfant
qui jamais ne peut s'endormir sur le sein de
sa mere! Ah! Forban, mes douleurs sont sans
remede.

FORBAN.

Quoi? cette fermeté...

ROBERT *ému aux larmes.*

Je me trompe, ami, il en existe.. un seul.
(*avec chaleur*) Oui, quand je peux découvrir quelque chaumière, pénétrer dans l'azile de quelque infortuné; adoucir ses maux, lui prodiguer des secours, alors mon cœur se dilate, des larmes de joie coulent doucement sur mes joues, un beaume consolateur se répand dans mon ame, et je suis heureux... un instant.

FORBAN.

Ces instans ...., vous pouvés les multiplier.

ROBERT.

Eh bien ! cherche, amene moi des malheureux, qu'ils m'entourent, me pressent, que le remord ne puisse approcher de moi.

FORBAN *vivement.*

J'en trouverai — (*interdit*) Mais votre bienfaisance a épuisé mes ressources; s'il en est encore dans vos domaines, je ne les connais pas.

ROBERT.

Il m'en faut, il m'en faut ; j'ai besoin de
m'épancher, et je ne puis pleurer qu'avec
eux.

FORBAN.

Je vous en promets . . oui . . j'irai . . *ému*,
ah! Prince . . .

ROBERT.

Epargne moi ce titre, il ne sied qu'aux souverains qui sont assés grands, ou assés malheureux pour n'avoir pas d'amis. — je ne veux
jamais être que Robert pour toi.

FORBAN *avec enthousiasme.*

Eh bien! Robert, mon ami, mon camarade,
si tu mets quelque prix à l'amitié de Forban,
écarte ce souvenir. Le sang que nous ver-
sames a coulé justement.

ROBERT, *vivement.*

tu le crois.

FORBAN.

Je le jure.

ROBERT.

Mais mon frere... mon frere! on ne peut étouffer la voix de la nature.

FORBAN.

L'écouta-t-il quand il fit emprisonner son pere? quand il voulut te ravir ta maitresse, et t'arracher le jour? il s'en est puni, en cherchant la mort dans le Mein; et s'il ne l'eut trouvée dans les flots, il méritait de la recevoir par un arrêt du Tribunal. — Mais pourquoi te rappeler ces images? promene plutôt tes regards sur la surface de tes états. La stérilité avait frappé le sol de cette malheureuse contrée, le poids des impots écrasait ses habitans: l'abondance y regne aujourd'hui, la joie accompagne les travaux du laboureur, ton nom est dans toutes les bouches, j'ai vu des vieillards le prononcer avec transport au sein de leur famille, et des enfants apprendre en souriant, à bégayer le nom de leur bienfaiteur.

ROBERT.

Eh! qu'ai je fait encore pour être tant aimé? voila le peuple, et pourtant on ne cesse de le calomnier.

FORBAN.

Entends ces cris, regarde cette foule de monde qui remplit les cours et les environs du Château.

ROBERT *avec sévérité.*

Que veut-il? aurait on commis quelqu'injustice.

FORBAN.

S'il avait à se plaindre, c'est par son silence qu'il t'en avertirait. — Aurais tu oublié qu'à pareil jour, tu rentras, après huit ans d'exil, dans l'héritage de tes peres? L'anniversaire de ton règne est devenu un jour de fête. Les champs sont abandonnés, les travaux suspendus, dix mille voix ont dévancé l'aurore pour célébrer l'époque où commenca la prospérité publique. — Je dirai plus encore , indigné de cette foule d'opresseurs qui pèsent sur la Germanie, moi né républicain, moi l'éternel ennemi des rois et de la servitude, je me glorifie de vivre sous tes loix: ah! mon ami, si l'amour des sujets fait la grandeur des souverains, Robert est le monarque le plus puissant de la terre.

ROBERT

Je ne veux être que le plus juste.

FORBAN.

Tu le seras. Déja plus d'une fois je t'ai vu nommer l'arbitre des querelles qui divisaient tes voisins. Dans ce moment même une députation de Marbourg sollicite une audience.

ROBERT

Je connais leur demande, elle me fait horreur; as tu fait avertir le conseil.

FORBAN.

Il ne doit pas tarder . . . le voici.

SCENE II.

ROBERT, FORBAN, WOLBAC, FALKER, *et autres.*

ROBERT *leur fait signe de s'asseoir.*

Vous vous rappelés le jour où notre tribunal prononça l'arrêt de mort contre Adolphe, comte de Marbourg, je te chargé de l'exécuter, et je l'ai fait. — Un fils composant

A 3

toute sa famille, mais le peuple encore frappé, du souvenir de ses malheurs, a banni ce fils de l'héritage de son pere, et vient aujourd'hui m'en offrir la souveraineté. — Puis-je la recevoir? dois je la refuser? voila le motif qui nous assemble.

FORBAN.

Le comte de Marbourg fut un tyran... il méritait la mort et la subit, mais il serait injuste de faire retomber les forfaits d'un pere coupable, sur la tête d'un fils innocent. *il s'assied.*

FALKER *se leve.*

Accepter cette offre; ce serait attenter au droit sacré de propriété. *il se rassied.*

WOLBAC *fortement.*

S'enrichir des dépouilles d'un orphelin,

FORBAN *fortement.*

Fouler au pieds la pitié qu'on doit aux malheureux.

WOLBAC *appuyant.*

Je dis plus : la main qui punit le pere, doit protéger le fils.

ROBERT.

J'avais donné ordre de le chercher, mais aucun vestige, aucune nouvelle sur sa retraite.

FORBAN.

Poursuivi par la vengeance du peuple, il languit sans doute dans quelque coin désert.

WOLBAC, A ROBERT.

C'est à toi d'y pénétrer, de le découvrir, de de défendre ses droits au péril de ta vie, s'il n'a point les vices de son père. *(avec force)* Robert ! Cette souveraineté ne peut passer dans tes mains. Tel est mon avis, s'il est rejetté au conseil, j'en appelle au tribunal.

Le conseil forme un cercle, Robert après avoir recueilli les voix, dit à un des gardes de la porte.

ROBERT.

Il suffit, la députation peut paraître. Camarades votre sévérité me charme. Loin de moi tout intérêt personnel, s'il peut me conseiller une action injuste, ou contraire à mes devoirs.

Ils s'asseyent tous, Robert au milieu d'eux.

SCÈNE III.

Les précédents. Deux députés précédés par des gardes du prince.

LE PREMIER DÉPUTÉ, à ROBERT *assis*

Si les tyrans sont les fléaux des empires, les souverains justes sont des bienfaits pour eux. Le joug de la servitude, tous les genres de vexations accablaient le peuple de Marbourg quand vous vintes le délivrer de son opresseur; Il attend aujourd'hui une faveur plus importante; la justice de votre gouvernement et le bonheur de vos sujets, ont frappé ses regards. Il demande à vivre sous vos loix, et veut par notre organe vous reconnaitre pour son souverain.

ROBERT.

Moi! vous en avez un.

LE PREMIER DÉPUTÉ.

Qui ?

ROBERT.

Son fils.

LE PREMIER DÉPUTÉ.

Né dans une cour voluptueuse, élévé par des

flatteurs ; nourri dans les principes de la tyran-
nie, il eut imité son pere.

R O B E R T.

Son exemple et ses malheurs ont assés dû l'instruire.

LE DEUXIEME DÉPUTÉ.

Il n'est plus tems. On l'a banni.

FALKER *se leve furieux*

Le fils de votre souverain ! De quel droit ?

FORBAN.

Pour quel crime ?

LE PREMIER DEPUTÉ.

Vous le demandez, vous qui portiés sur eux...

ROBERT *l'interrompt.*

Arrétés. Il en est tombé sous nos coups ;
mais c'étaient des tyrans et les tyrans ne sont
pas des souverains.

LE PREMIER DÉPUTÉ.

Il ne l'est pas.

ROBERT.

Il doit l'être — Souvenez-vous que ma première loi est d'être juste, je le fus, en punissant le pere, je le serai en protégeant le fils.

LE PREMIER DÉPUTÉ.

Il est trop tard — Ce fils n'est plus.

ROBERT.

Il est mort ! dans quel lieu ce malheureux a t-il fini sa misere ?

LE PREMIER DÉPUTÉ.

Dans cette contrée même .... au pied de ces rochers qui bordent vos domaines. — on assure qu'il fut assassiné.

ROBERT. *étonné.*

Assassiné ! ...... dans mes domaines! ..... et connait-on l'auteur de cet attentat horrible ?

LE PREMIER DÉPUTÉ.

On le prétend.

ROBERT.

Quel est-il ?

LE PREMIER DÉPUTÉ.

Je n'ose le nommer.

FORBAN. *aux députés.*

De quelque rang qu'il soit , expliqués vous sans crainte.

FALKER.

Vous n'êtes entourrés que d'hommes justes.

WOLBAC.

Jamais le crime ne trouvera d'appui parmi nous.

ROBERT.

Encore une fois.....

LE PREMIER DÉPUTÉ.

Vous l'ordonnés ?

ROBERT.

Oui , je le le veux. Parlés, quel est, dit-on, son assassin

LE PREMIER DÉPUTÉ.

Vous même.

ROBERT.

Moi.

FORBAN *aux députés.*

Vous osés ?.....

ROBERT.

Et vous venez m'offrir sa souveraineté ! Robert un assassin ! vous ne le croyez pas.

LE PREMIER DÉPUTÉ.

Ce fait sans doute est faux.

ROBERT.

De qui le tenez-vous ?

LE PREMIER DÉPUTÉ.

D'un vieillard qui depuis six mois partageait avec lui sa cabane et les fruits de son jardin.

ROBERT.

Son nom.

LE PREMIER DÉPUTÉ.

M'est inconnu. Sa demeure est au bas de ces mêmes rochers, à quelque distance da la route qui conduit à ce chateau.....

FORBAN. *vivement*

Dans un endroit sauvage, non loin d'un fort antique ?

LE PDEMIER DÉPUTÉ.

Que les ans ont à demi ruiné.

Forban à Robert.

N'en doutons plus. C'est Bertrand, ce vieillard que tes bienfaits ont poursuivi jusques dans sa solitude. (*aux députés*) comment ! c'est ce vieillard .....

Le deuxième député.

Il ne put nous apprendre que sa mort, c'est dans ce chateau même qu'on nous a dit le reste.

Robert.

Quoi ! jusqu'aux miens .... est-il possible ¡

Le premier Député.

A peine arrivés, nous sommes entourrés de plusieurs personnes instruites de l'objet de notre mission. — Malheureux, nous dirent-elles « on a massacré votre souverain, son fils vient « d'éprouver le même sort, et non contens de « l'avoir banni, vous venés remettre sa dé- « pouille entre les mains de son assassin «

Robert.

Robert un assassin ! (*aux députés*) écoutés, je vous dois mon estime. Si vous aimés les souverains, du moins vous ne les flattés pas, allés, avant la fin du jour, vous me connaitrez mieux.

Les députés sortent comme ils sont entrés pré-
cédés de deux gardes de la porte.

SCÈNE IV.

R OBERT. FORBAN. WOLBAC. FALKER.
et autres

ROBERT.

Quel tissu de noirceurs et de perfidie ! moi
un assassin !

FORBAN.

Tu n'en es pas capable.

WOLBAC.

Non sans doute ; mais nous avons puni trop
sévérement les crimes des autres, pour laisser
reposer sur nous le soupçon de la moindre injustice. Il faut percer ce mistére d'iniqu.té.

FORBAN.

Je crois le pénétrer : les amis, les héritiers
des puissants condamnés par notre tribunal,
payent ici des émissaires ; le désir de la vengeance les rallie autour de tes domaines, pour
y semer la discorde et précher la révolte ! Déjà

quatre

quatre de ces malheureux ont été arrêtés par mon ordre.....

R O B E R T.

Arrêtés ?.... Quel est leur crime ?

F O R B A N.

D'avoir cherché à séduire, à soulever le peu. ple. C'est lui-même qui s'en est emparé. Parmi eux se trouve ce misérable, qui, payé sans doute par quelqu'ennemi secrèt, voulut, à la derniere chasse, attenter à ta vie. Je l'ai fait mettre aux fers et demande qu'il soit puni.

R O B E R T.

Est-il interrogé ?

F O R B A N.

Il avoue son crime ; mais s'obstine à taire le reste.

R O B E R T.

Il avoue son crime. *(après une réflexion.)* Allons, il faut un exemple.....

F O R B A N. *appuie.*

Qui puisse effrayer ses semblables.

B

R O B E R T

Il voulait m'assassiner! Eh bien! qu'on le place dans ma garde.

F O R B A N.

Ton assassin ?

R O B E R T *avec dignité.*

Lui même, je ne veux opposer à mes calomniateurs qu'une conduite irréprochable, et des bienfaits à mes ennemis.

W O L B A C.

Ta grandeur d'ame ne nous étonne plus, mais il s'agit de la vie.

R O B E R T.

Si je mérite la haine d'un seul de mes sujets, je ne suis digne de régner, ni de vivre. — Ce n'est pas tout: vous connaissés les loix que je me suis imposées, en acceptant le titre de souverain. Si quelqu'abus de pouvoir, quelqu'acte d'injustice a souillé mon regne, saisissés le même poignard qui nous servit à punir les oppresseurs, frappés, que je meure à mon tour de la mort des tyrans.

FORBAN.

Nous sommes tous soumis à cette loi terrible. — Nous avons promené le glaive des vengeances sur la tête de tous les grands de cet Empire. Quelques uns en ont été frappés : il doit retomber sur nous, si nous sommes coupables.

WOLBAC.

J'exige d'avantage. Notre tribunal fut sévère pour les autres, il doit être inplacable envers nous. Que dès ce moment tous les sentimens se taisent, pour ne laisser agir que l'inflexible équité, que le coupable expire. Le fussé-je moi-même, je bénirai la main qui m'aura percé le cœur.

FALKER.

Fût-il mon pere, mon frere, mon ami, point de pitié, j'ai juré d'être juste, je tiendrai mon serment.

FORBAN.

A quelle heure, dans quel lieu le Tribunal doit-il 'assembler ?

ROBERT.

Vers le déclin du jour, sous ces chênes an-

tiques qui ombragent le tombeau de mon
Pere. — Que cette cérémonie auguste et terrible soit telle que nous l'avons établie dans
les forêts de la Bohëme, quand nous pronon-
cames sur la vie des souverains. — Justice,
justice, voilà notre devoir, voilà le vœu du
peuple.

WOLBAC.

Il sera satisfait.

ROBERT *à forban.*

Toi, mon ami, conduis moi chez Bertrand.
Je veux le voir, l'interroger. C'est de lui que
j'attends les moyens de me justifier.
*Ils sortent tous à l'exception de Falker et de
Wolbac.*

SCÈNE V.

WOLBAC FALKER.

WOLBAC *en suivant des yeux Robert.*

Quelle élévation d'ame !

FALKER.

J'attendais ce moment pour te donner cette
lettre.

W o l b a c *en la prenant.*

Et l'on ose l'accuser d'un assassinat !

F A L K E R.

Le soupçon d'un pareil crime ne saurait s'élever jusqu'à lui.

W o l b a c.

C'est un Blasphême et j'en suis indigné. — *Il ouvre la lettre.* Mais voyons. — Dieux ; qu'ai-je là ! de qui est ce billet ?

F A L K E R.

Je l'ignore. Je traversais la cour, pour me rendre au conseil. Un inconnu m'aborde , me prie de le remettre à son adresse , je le reçois , et à l'instant il se perd dans la foule.

W o l b a c.

Un inconnu? (*Il le fixe.*) Falker , n'as-tu rien à te reprocher.

F A L K E R.

Ma tête en répond : mais que viens-tu d'apprendre.

WOLBAC.

Qu'au sein même de ce Tribunal , qui a frappé tant d'oppresseurs, un scélérat existe impunément. Tiens, *lis. Il lui donne le papier.*

FALKER *lit.*

» Un crime affreux s'est commis, et le
» coupable respire parmi vous. Si Wolbac
» est véritablement juste, qu'il se rende vers
» le coucher du Soleil au pied du vieux châ-
» teau situé à l'entrée de la forêt. Là , il ap-
» prendra le nom de la victime et les for-
» faits de son persécuteur. »

WOLBAC.

Tu frémis !

FALKER.

Après une pause lui rendant le papier.

Je ne le cache pas; une horreur secrète m'a saisi à cette lecture. *Réfléchissant. —* L'assassinat récent du comte de Marbourg.... la souveraineté de ses domaines offerte à Robert..... ce billet remis par un inconnu.... le crime qu'on te dénonce , pour en obtenir vengeance.... la liaison de tous ces faits me glace le sang.

WOLBAC.

Tu le vois. Le coupable respire parmi
nous.

FALKER.

Il faut qu'il soit puni, mais quel devoir horrible que de se voir forcé d'enfoncer le poignard dans le sein d'un ami !

WOLBAC

La justice, Falker, ne connait point d'amis.
Nous l'avons tous juré, fût-ce notre camarade, notre bienfaiteur, Robert lui même...

FALKER, *douloureusement.*

Robert !....

WOLBAC.

Comme toi, je l'aime, je l'admire, je l'ido-
lâtre, comme toi je donnerais mon sang pour
lui, mais s'il était vrai... s'il était possible.
Je le répete encore, fût-ce lui même, je serais juste, je remplirais ce serment terrible ;
mais ensuite... abandonné à ma douleur,
renonçant pour jamais à la société des hommes, j'irais me cacher dans le fond des forêts,
me réunir aux bêtes féroces, pour faire une

guerre éternelle à toute l'espece humaine.

Fin du premier acte.

ACTE II.

Le Théatre représente l'intérieur d'une caverne, deux monumens formés de pierres sont au deux côtés de la porte, on lit audessus de l'un, ces mots : A LA VENGEANCE; au dessus de l'autre, ceux ci : A LA RE-CONNNAISSANCE.

SCENE PREMIERE.

ADOLPHE *seul.*

Assis sur un morceau de rocher, et fixant tour à tour les deux monumens.

Quelle destinée! mon pere est tombé sous le poignard d'un assassin, et moi, chassé de mon héritage, proscrit par mes sujets. je suis forcé de répandre le bruit de ma mort, pour me soustraire à la haine de mes persécuteurs! Fils de souverain je n'ai pour demeure que le creux d'un rocher, pour appui que la pitié d'un vieillard qui me connait à peine! un seul

être dans la nature s'interressait encore moi,
déjà même le destin semblait s'adoucir, l'espérance du bonheur brillait dans le lointain, les
noms d'amant, d'époux, de pere me l'assuraient
et c'est dans ce moment quelle m'est enlevée!
O Julie! o mon pere, oui nous serons tous
vengés, je le jure par ce monument consacré
à la vengeance, par mon amour, mes sermens, mon désespoir. — Ah Robert! puis-je
te voir, te connaitre, et payer de ton sang
tous les maux que je souffre !

Il se jette sur sa pierre.

SCÈNE II.

ADOLPHE, ROBERT, FORBAN,
entrent sans être vus.

R O B E R T *à Forban.*

C'est lui sans doute dont Bertrand m'a
parlé, retire toi. — Approchons. *Forban se
retire.*

A D O L P H E *voyant Robert.*

Qui que tu sois, parle : que veux-tu? que
cherches tu dans cette caverne ?

R O B E R T.

Un malheureux dont je plains la destinée.

A D O L P H E.

(à part) Est-ce quelqu'émissaire dont l'hy-
pocrite pitié!... *(haut)* et quel est ce
malheureux?

R O B E R T.

Mieux que personne tu pourras m'en instruire, il était ton ami!

A D O L P H E.

Mon ami! en a-t-on dans l'état où je suis!
mais achève, quel est-il?

R O B E R T.

Le fils du comte de Marbourg.

A D O L P H E *troublé.*

Le fils du comte.. Dieux! je suis découvert. *(haut)* Comment sais-tu que j'ai connu
cet infortuné?

R O B E R T

De la bouche d'un vieillard qui a daigné
le nourrir, son nom est Bertrand.

ADOLPHE.

Bertrand ! tu sais qu'il est pauvr elui même ;
(*Afi rc Robert*) mais parle, serait ce toi dont
la main bienfaisante prodigue à ce vieillard
les secoursqu'il partageait avec lui ? — *(attendri)* tu te tais.. ne me le cache pas, comme
lui , procrit, persécuté, en proie à toutes les in-
justices, j'ai besoin de croire qu'il est encore
de la vertu chez les hommes.

ROBERT.

Le hazard m'a donné du crédit, de la fortune, tous les malheureux y ont droit et Bertrand sur-tout.

ADOLPHE. *avec joie*

N'en doutons plus. C'est lui. c'est mon bienfaiteur...... Tiens, regarde ce monument, c'est
à toi qu'il est élévé.

ROBERT *étonné.*

A moi ? comment ! par qui ?

ADOLPHE.

Par lui-même ..... le fils du comte de Marbourg.

ROBLERT

Que dis-tu ? par Adolphe ? il vivrait !

ADOLPHE.

Il vit, il respire, il est à tes pieds, ce malheureux Adolphe.

ROBERT

Toi, Adolphe le fils du comte !......

ADOLPHE.

On a massacré mon pere, moi-même poursuivi par le fer des factieux, chassé par mes sujets, j'ai trouvé dans les flancs d'un rocher, ce que, sans toi, je cherchais vainement dans le cœur des hommes. O mortel généreux ! contemple ces voutes, ces masses de pierre que la nature a amoncelées sur nos têtes ..... il faut qu'elles s'écroulent pour détruire le monument que j'ai érigé à ta bienfaisance.

ROBERT.

Ton amitié Adolphe, et je suis trop payé.

ADOLPHE. *vivement*

Mon amitié, mon sang, ma vie, tout est à toi..... mais une seule faveur encore.

ROBERT.

Parle.

ADOLPHE.

Que j'apprenne ton nom , que je le grave sur ce rocher, et si jamais quelque malheureux, persécuté comme moi, vient habiter cet asyle, qu'il se console en voyant que la pitié bienfaisante a pénétré dans cet antre pour y secourir un infortuné.

ROBERT.

J'ai crû qu'il n'en était plus dans les domaines de Robert.

ADOLPHE.

De Robert ! quel nom t'est échappé ! quoi ! tu connais ce monstre ?

ROBERT.

Crois moi, ce nom , il ne le merite pas.

ADOLPHE.

Lui ! Dieux !

ROBERT.

Si tu pouvais le connaître.

A D O L P H E. *vivement.*

Plût au ciel. que je pusse l'approcher, me trouver seul avec lui !

R O B E R T.

Quel serait ton dessein ?

A D O L P H E. *avec force.*

De lui percer le sein. *Il le prend par la main et le méne à l'autre monument.* Approche et lis. J'érigeai ce monument à la reconnaissance, celui-ci fut consacré à la vengeance. — Voici le même poignard que Robert a plongé dans dans le sein de mon pere. Je l'en retirai et tout fumant encore je l'élevai vers le ciel, et jurai de le venger. — Mais toi, mon ami, mon bienfaiteur , toi. que le ciel à envoyé a mon secours, tu vois la justice de ma cause, tu peux approcher ce scélérat, parle, si par ton crédit je pouvais parvenir ..... mais non , je ne suis pas capable d'un assassinat.   Si , comme on dit , il a autant de courage, qu'il eut de cruauté, qu'il choisisse l'heure et le lieu d'un combat à mort: que le sort des armes décide entre nous deux , entre l'assassin ou le vengeur du comte de Marbourg.

ROBERT.

Tu sais qu'il fut injuste.

ADOLPHE.

Il fut faible.

ROBERT.

Dans un souverain, la faiblaisse entraine tous les crimes.

ADOLPHE.

Il l'ignorait.

ROBERT.

Et les besoins, la misere de son peuple, les ignorait-il ?

ADOLPHE.

C'était mon pere, ami, je n'ose le juger, je dois le venger.

ROBER.

Eh bien? Adolphe, veux-tu le voir, lui parler ?

ADOLPHET.

Si je le ve ux !

ROBERT.

Dès ce soir tu peux te présenter et je t'in_troduis au chateau. Quelque soit ton dessein, ne crains rien pour tes jours, je le connais, assés juste, pour respecter son ennemi.

A D O L P H E.

J'accepte ton offre et j'en profiterai.

R O B E R T.

Compte sur mon amitié ; mais écarte ces idées de ressentiment. Peut-être le destin, qui se joue des projets et de la vie des hommes, a-t-il fixé ce jour pour mettre un terme à tes malheurs et te rendre l'héritage de tes pères.

A D O L P H E.

Il ne me rendra pas Julie.

S C È N E I I I.

ROBERT, ADOLPHE, MAURICE *entrent précipitamment.*

A D O L P H E *court à Maurice.*

Ah ! c'est toi, mon ami ! approche, regarde, enfin je l'ai trouvé. Tiens, voici mon bienfaiteur.

MAURICE

M A U R I C E *en appercevant Robert se tourne*
avec effroi.

C'est lui-même...... et je suis seul.... sans
armes.

ROBERT.

(*A part*). Son regard m'a frappé (*à Adol-*
phe).... Quel est cet homme ?

ADOLPHE.

Je l'ignore , le hasard nous a réunis, l'ha-
bitude de nous voir nous a liés.

ROBERT.

Mon aspect l'interdit.

ADOLPHE.

La défiance est naturelle aux malheureux.

ROBERT.

Quel est son état, son existence ?

ADOLPHE.

Le gibier qui peuple cette forêt a fourni
jusqu'ici à sa subsistance ; mais faisant partie
de la chasse du prince , il craint sans doute
d'être découvert , et ta présence l'inti-
mide.

C

R o b e r t. *il fait quelques pas vers Mau-*
rice, qui se tient toujours de manière à
n'être pas reconnu.

Qui que vous soyez, rassurez-vous, mon
dessein n'est pas de vous nuire. Si le défaut
de travail, ou quelque malheur vous a forcé de choisir cette caverne pour demeure,
présentés-vous, sans crainte, à la prochaine
audience de Robert, les trésors de l'état sont
le patrimoine du malheureux, et le sol qui l'a
vû naître, doit aussi le nourrir. Vous avez, il
est vrai, transgressé les loix du prince, en
chassant dans ce parc qu'il s'est réservé,
mais votre situation vous justifie. Les plaisirs
des souverains doivent disparaître devant les
besoins des peuples. (*à Adolphe,*) et vous,
mon cher Adolphe, tenez-vous prêt pour cette
entrevue ; elle est importante plus que vous
ne pensés, et mon amitié ne vous sera pas
inutile.

(Il sort).

SCENE IV.

ADOLPHE, MAURICE.

ADOLPHE *suit Robert des yeux.*

Quelle noblesse ! quelle générosité (*avec joie*) Ah ! mon ami, j'ai vu mon bienfaiteur, je vais venger mon père ; je ne mourrai pas tout-à-fait malheureux. — Mais pourquoi cette crainte qui t'a saisi à sa vue ? son abord ne m'a inspiré que de la confiance.

MAURICE.

(A part). Gardons-nous d'avouer.... *(haut)* Tu connais mon attachement, tu sais combien je partage tes malheurs et ton ressentiment. Cent fois j'ai frémi d'horreur au récit des attentats de Robert. Eh bien ! cet étranger est un de ses courtisans ; et pouvais-je, sans surprise, voir tranquille à tes côtés, l'esclave de l'assassin de ton père !

ADOLPHE.

Grace à ses soins, ma vengeance s'apprête. Demain, ami, demain, son sang va tout payer.

C 2

MAURICE *appuye.*

Tu l'as juré. Sa cendre le demande , ton devoir l'exige, et ce monument l'ordonne. — Mais quel est ton projet ?

ADOLPHE, *avec confiance.*

Dès ce soir je me rends au château , mon bienfaiteur l'avertit. Je me fais connaître, et lui propose un combat à mort; on le dit brave, il acceptera.

MAURICE.

Un combat à mort ? Ce n'est point ainsi qu'on traite avec un pareil adversaire. — Souviens-toi comment il a tué ton père.

ADOLPHE.

Que veux tu ? je me suis consulté , mon cœur se revolte à la seule idée d'un assassinat.

MAURICE.

Je le conçois : mais quel peut être ton espoir en provoquant un ennemi dont la main est accoutumé au meurtre, qui joint à une bravoure perfide, l'adresse plus dangéreuse encore de donner la mort et de l'éviter; le destin n'a point cessé jusqu'ici de seconder

sa scélératesse, il peut la servir encore — tu
succomberas.

A D O L P H E.

Eh bien! victime de mon devoir, je vien-
drai expirer sur le tombeau de mon pere.

M A U R I C E.

Et ton ennemi jouira en paix de son triomphe, et du fruit de ses forfaits! — Mais écar-
tons ces images: il me reste des nouvelles
plus affligeantes à t'apprendre.

A D O L P H E,

Qu'oses tu dire.

M A U R I C E.

C'est peu d'avoir massacré ton pére, d'a-
voir appelé sur ta tête la proscription et la
haine de ton peuple. Sa méchanceté va plus
loin.

A D O L P H E.

Tu me fais frémir.

M A U R I C E.

Une députation envoyée par tes sujets vient
de lui être présentée.

C 3

ADOLPHE.

Quel est sa mission ?

MAURICE.

De lui offrir, en leur nom, la souveraineté
du comté de Marbourg.

ADOLPHE *avec intérêt.*
Eh bien.

MAURICE.

Il a tout accepté.

ADOLPHE *se jette sur la terre.*

O crime ! O perfidie ! o le plus scélérat des
hommes !

MAURICE.

Et voilà l'ennemi que tu veux épar-
gner.

ADOLPHE *furieux.*

Il mourra. (— *attendri* ,) Ah ! je regrette
peu le rang et la fortune dont il me dépouille ;
mais ce pauvre Bertrand , toi , le peu d'amis
que mon malheur m'a laissés , comment jamais reconnaître votre attachement ! et Julie
aussi..... Julie.... O destinée !

MAURICE.

Tu ne sais pas tout, malheureux.

ADOLPHE.

Parle, comble mon désespoir......

MAURICE.

Celle que tu pleures....

ADOLPHE *vivement.*

Julie ?

MAURICE.

Elle est entre ses mains.

ADOLPHE *douloureusement.*

Julie ! entre les mains de Robert !

MAURICE.

C'est de cette caverne que pendant ton absence ce monstre la fit enlever.

ADOLPHE.

Arrête, ce dernier trait..... Julie !... allons, c'en est assés, *(il s'élance en furieux sur le tombeau de son père, saisit le poignard, puis mettant un genou en terre). O* toi dont il a percé le flanc, ombre de mon père ! sors

de ce tombeau que mes mains t'ont cons-
truit, seconde le désespoir qui m'anime,
viens conduire mes pas et diriger mes coups....
et vous, dieux puissans ! vers qui, du fond
de cette caverne, j'élève ce poignard ensan-
glanté, qui voyés tant de forfaits et ne les
vengés pas, cruels ! vous me forcés de devenir un assassin.

MAURICE.

La fureur t'égare.

ADOLPHE.

J'en ai besoin.

MAURICE.

L'instant n'est pas arrivé.

ADOLPHE.

Il viendra et la vengeance avec lui. —
Ami, j'ai besoin de respirer un air plus libre,
d'affermir mon courage, d'aiguiser ma fureur,
(attendri). O toi qu'une pitié si généreuse
attachait à toutes mes infortunes ; Rappele-
toi quelquefois ton malheureux ami. — Le
tems s'écoule ; l'heure approche, adieu ! Si
tu me revois jamais, compte que Robert n'est
plus.   (il sort en fureur).

SCÈNE V

MAURICE *seul.*

C'est moi qu'il va servir. — Enfin ma constance a lassé mon malheur, je touche au moment de me ressaisir de cette souveraineté dont après cinq ans de jouissance il m'a dépossédé. Mille piéges l'environnent, mille poignards sont suspendus sur sa tête ; des mains étrangères se chargent du soin de ma vengeance, et moi qu'on croit enseveli sous les flots, je ne reparaîtrai que pour en goûter le fruit. Tout va bien ..... *il devient inquiet* .... pourquoi donc cette anxiété ..... ces frissons ..... est ce le remord qui m'arrête, ou la fatalité qui m'entraîne ?..... ce songe me poursuit ..... m'atterre ..... mais Edmont ne vient pas ..... Ah le voici ! Eh bien ?

SCENE VI.

EDMOND.

Tout succéde à vos vœux. La foule que l'anniversaire de Robert avoit attirée au château, a favorisé nos projets. J'ai rallié en hâte les dif-

férents corps de troupes que les princes , ennemis de Robert , envoyent à votre secours,
les armes sont déposées : vos plus braves amis
remplissent les souterreins ; d'autres garnissent
les fossés ; des semences de haine et de sédition
ont été répandues parmi la multitude.... mais
que vois-je ?.... vos genoux chancellent, vos
yeux sont égarés .....

MAURICE,

*qui pendant tout ce récit n'a cessé de faire des
mouvemens de frayeur, veut reprendre ses esprits, et dit d'une voix altéré et en tremblant.*

Moi ?.... non. Je ne tremble pas.... mais....
j'ai fait un songe.. au songe, écoute et ris de ma
faiblesse. J'étais à examiner les alentours du
château, pour l'attaquer avec plus d'avantage.
non loin de cette tour d'où je me suis jetté dans
le Mein, pour me soustraire à la nage aux satellites de mon frere, surpris par la nuit et ac-
cablé de sommeil, je m'endors au pied d'un
chéne. — Tout à coup l'horison se couvre de
feu , les rochers se brisent , les forêts, les
villes, les montagnes disparaissent, les élémens
se confondent, et à travers les tempêtes, la
foudre et les éclairs, toute la nature rentre dans
la nuit du cahos.

EDMOND.

Comment ! Tel est le tableau qu'on nous fait du jour des vengeances

MAURICE. *toujours d'un ton plus*

altéré.

A cet instant la terre s'ébranle et des ossemens blanchis, des milliers de cadavres sortent de leurs fosses, se raniment et s'él vent autour de moi. — Du levant au couchant est suspendue une balance d'airain, puis une voix effrayante s'écrie, « ENFANTS DE LA POUSSIÈRE AP-« PROCHES, ICI SE PÈSENT LES PEN-« SÉES ET LES ACTIONS DES HOMMES» Tous restaient immobiles, pâles, l'attente horrible serrait tous les cœurs.

EDMOND.

Quelle effroyable image !

MAURICE.

Alors mon nom se fit entendre et je fus appelé le premier en jugement, une sueur froide coulait de tous mes membres.. je sentais tres-saillir mes os et mes cheveux se dresser.

E D M O N D.

Et sans doute vous obtintes grace ?

M A U R I C E, *toujours effrayé.*

Je l'esperais ; mais un vieillard se présente,
décharné, courbé sous le poids des chagrins,
il soulevait avec peine un bras à moitié rongé,
tant sa faim avait été affreuse. Tous les yeux
se détournaient de lui avec horreur. Il approche,
arrache une boucle de ses cheveux blancs, la
jette dans la balance .... aussi-tôt une voix de
tonnerre s'élance du fonds d'un nuage « grace,
« grace à tous les coupables, toi seul, tu es re-
« jetté «..... Eh bien ! tu ne ris pas.

E D M O N D, *extrêmement frappé.*

Tout mon sang est glacé. — et ce vieillard?..

M A U R I C E *avec effroi.*

Etait mon pere.

E D M O N D.

Votre pere ! juste ciel !

MAURICE, *effrayé.*

*montrant du doigt un des coins de la caverne
à Edmont, recule*

Tiens, le voilà, là ..... là ... regarde comme il me menace. *Il se serre contre Edmont.*

EDMOND.

L'avez-vous offensé?

MAURICE.

Moi !.... moi !

EDMONT.

J'entends quelqu'un.... remettez-vous ......
reprenés vos esprits .... ah ! c'est nos amis.

SCENE. VII.

**EDMOND, MAURICE, *plusieurs conjurés
du parti de Maurice.***

EDMOND.

Approchés, je vous attendais, tenés, voici
Maurice, voici votre souverain, celui que
nous allons servir, au lieu du palais de ses
pères, cette caverne est son asyle, c'est à

nous, amis, de terminer ses infortunes, tout
est prêt, les ordres donnés, le signal conve-
nu. Dès que la lune aura blanchi le haut des
tours, armés du feu et du fer, nous sortons
de notre retraite et d'une voix unanime nous
proclamons Maurice souverain du comté de
Moldar.

MAURICE *remis de sa frayeur.*

Si quelqu'audacieux osait résister, que le fer
le poursuive et que la mort l'atteigne ; (*à Edmond*) j'ai de mon côté assuré de nouveau le
succès de cette entreprise. Adolphe s'est enfin déterminé à venger son père, ce n'est pas
tout, *(en confidence)*, aussi-tôt le coup porté
qu'on se saisisse de lui, mon intérêt le veut.
— Mais tu ne me pas les point de la lettre.

EDMOND.

Je l'ai remise moi-même à un des membres
du conseil ; elle est sans doute en ce moment
entre les mains de Woïbac.

MAURICE.

Rien n'égale, dit-on, la fermeté de son caractère, il commande en chef les troupes de
Robert ; mais s'il peut le croire coupable de

l'assassinat d'Adolphe ou de l'enlèvement de Julie, loin de le défendre, il ne verra en lui qu'un oppresseur à punir. — Peut-être ira-t-il jusqu'à le dénoncer au tribunal....

EDMOND.

Il doit s'assembler ce soir, l'ordre en est donné.

MAURICE.

Il doit s'assembler.... il suffit ; amis, les momens sont chers; *(aux conjurés)* vous, courrés instruire vos camarades du signal et du moment de l'attaque, et nous allons de ce pas nous placer au pied du château, où, sous le nom de Robert, je fais détenir Julie, Wolbac va s'y rendre, il la verra, il voudra connaître le nom de son ravisseur, elle nommera Robert, ton récit le confirmera. — Que tous les soupçons à-la-fois assaillissent cette ame altière, et préparent mon triomphe, en soulevant contre lui son inflexible équité.

Fin du second acte.

ACTE III.

Le théâtre représente d'un côté, un vieux château à demi ruiné, situé à l'entrée d'une forêt.

SCENE PREMIERE.

MAURICE, EDMOND *dans le fond regarde si quelqu'un vient.*

MAURICE.

Wolbac ne vient pas. — Le sort se serait-il lassé de me servir? — funeste ambition!..... que de peines.... que de crimes tu me coûtes!... mon père.... mon frère.... Je t'ai tout sacrifié..... tout, jusqu'au repos de ma vie, je n'ai gardé que le remord et la soif de regner.

EDMOND *accourt.*

Quelqu'un s'approche, retirés-vous.

MAURICE *regarde.*

C'est lui..... lui-même.... Dieux! il est accompagné. Souviens toi de mes promesses, Edmond, et compte sur ma reconnoissance,

EDMOND

EDMOND.

Espérés tout de moi, *(il se couche au pied d'un arbre)*.

SCENE II.

WOLBAC , FALKER , EDMOND *dans le fond.*

WOLBAC.

Voici l'heure et le lieu qu'on m'a désignés. — Ami, éloigne-toi. Ta présence pourroit gêner le malheureux qui réclame mon secours. Je dois me présenter seul.

FALKER.

Cet écrit n'est peut-être qu'un piége où l'on veut t'attirer.

WOLBAC.

Pourquoi cette défiance ! ma vie est au premier scélérat qui voudra risquer la sienne, mais mon sang est de droit à l'infortuné qui se confie à moi.

FALKER.

Tu sais combien d'ennemis....

D

WOLBAC.

La crainte ne doit pas empêcher une bonne action, l'humanité m'appelle ici ; c'est mon poste : j'y dois rester ou périr.

FALKER.

Au moins si tu étais armé.

WOLBAC.

Je le suis, Falker. Un cœur droit et le courage de la vertu , voilà les armes de l'homme juste. Encore une fois, laisse-moi seul, je t'appelerai si j'ai besoin de toi.

FALKER.

Tu le veux, c'en est assez.   *Il sort.*

SCÈNE III.

WOLBAC *sur le devant* , EDMOND *dans le fond.*

WOLBAC.

Une frayeur secrete me pénètre malgré moi , que vais-je apprendre ?.. Un crime affreux s'est commis, et le coupable, est-il dit, respire parmi nous. Eh qu'importe ! secourir les opprimés , punir les oppresseurs , voilà mon serment, je dois le remplir. C'est dans ces murs sans doute que respire la victime. Voici quelqu'un... (*Il éveille Edmond.*) mon ami, ce château est-il habité ?

E D M O N D.

Hélas ! c'est la demeure d'une infortunée.

W O L B A C (*avec surprise.*)

D'une femme !

E D M O N D.

Arrachée des bras de son époux, et détenue ici sans doute pour servir la passion de quelque scélérat puissant.

W O L B A C *l'emmène sur le devant de la scène.*

Qu'ai-je entendu ! et ce scélérat ?..

E D M O N D *le fixe.*

Vous êtes, je le vois, attaché à la cour, je n'ai plus rien à vous répondre.

W O L B A C.

La faveur des cours peut séduire le faible,

D 2

mais ne saurait corrompre l'homme de bien.
Rassurez-vous.

EDMOND.

Quoi!.. Serait-ce vous à qui s'adressait
un écrit dont elle m'a chargé ce matin ?

WOLBAC.

A moi-même, mon nom est Wolbac, conseiller du prince et commandant de ses
troupes.

EDMOND *à part, mais de manière à être en-*
tendu.

Comment avec tant de vertus peut-on servir un tyran !

WOLBAC. *à part.*

Que dit-il ? Un tyran ! ce mot m'a passé
jusqu'à l'ame. (*haut*) De quel tyran parlez-
vous ?

EDMOND *en éludant, le mène à la tour.*

Entendez-vous ces cris , ces gémissemens,
ils me déchirent le cœur.

WOLBAC.

Ce n'est pas assez de la plaindre; il faut
la délivrer.

EDMOND.

Puis je me fier à vous ?

WOLBAC.

Voici ma main, puisse-t-elle se dessécher,
si je trahis jamais votre confiance. Eh bien!

EDMOND.

Le desir de secourir cette infortunée, m'a
fait découvrir une porte secrete qui du fossé
communique à l'intérieur du château. J'aurais déjà profité de cette découverte, mais
la crainte d'être surpris.... et le pauvre...

WOLBAC.

J'entends. On aime mieux le soupçonner
d'un crime, que de le croire capable d'un
acte de générosité. Mais ne perdons pas de
tems. Allez, tâchez de pénétrer jusqu'à elle,
de l'amener ici ; dites lui que Wolbac l'attend, prêt à tout entreprendre, pour la justifier ou la venger. Courez, volez, je réponds
de tout.

Edmond sort.

SCÈNE IV.

WOLBAC *après un moment de réflexion ,*
avec indignation.

Une femme arrachée des bras de son époux,
pour assouvir la brutalité d'un scélérat ! et
c'est parmi nous qu'il respire ! Parmi nous
qui avons poussé la justice jusqu'à la féro-
cité. Ah ! quelqu'il soit , tant qu'il coulera
du sang dans mes veines , un pareil forfait
ne saurait rester impuni. Le tribunal va s'assembler , malheur au misérable qui a osé
commettre cette atrocité. Dieux ! voici la
victime. Qu'elle lâcheté d'opprimer un être
si faible !

SCÈNE V.

WOLBAC , JULIE *soutenue par Edmond.*

WOLBAC *allant au-devant de Julie.*

Séchez vos pleurs. Madame, si votre cause
est aussi juste qu'elle le parait , mon crédit.
ma fortune , mon sang , tout est à vous.

J U L I E.

Homme bienfaisant ! Comment reconnaître
tant de générosité ?

V O L B A C.

Par votre confianc ; mon cœur est chargé
du reste.

J U L I E.

Permettés qu'à vos pieds.....

V O L B A C *la relève promptement.*

Ah ! madame.... le malheur vous rend sacrée.... c'est vous qui m'obligés, moi je ne
fais que mon devoir, (*à part*) ses pleurs me
déchirent l'ame ; *(haut)* de grace, apprends-
moi vos revers, ils finiront, vous dis-je, ou
j'y perdrai la vie.

J U L I E.

Je n'ose l'espérer.

V O L B A C.

Vous pouvez y compter, j'ai peu de richesses,
mais je préfère anx moyens d'en acquérir l'oc-
casion de les dépenser noblement. — Expliquez-vous.

D 4

JULIE.

Le destin de ce côté-là, ne me laissait rien
à desirer. Seule héritiere d'une fortune im-
mense, je pleurais encore la mort de mes
parens et la perte d'un frère chéri, quand le
hasard me fit connaître le jeuhe comte de
Marbourg.

VOLBAC.

Adolphe?

JULIE.

Lui-même! (*à part*) Dieux ! me serais-je
trahie? (*haut*) non, puisqu'il est malheureux,
vous ne p uvés être de ses ennemis.

VOLBAC *à part.*

Quels traits , quel son de voix ! poursui-
vés.....

JULIE *continue.*

Son père venoit d'être assassiné ; lui-même
chassé par ses sujets , échappé avec peine au
fer des factieux qui se disputaient son héritage , fuyait de cour en cour..... Il espérait y
trouver des amis , des secours ; on le voyait
malheureux, il n'obtint que des refus.

VOLBAC.

Il s'y devait attendre. Voilà les grands ; des titres et point d'ame.

JULIE.

Ses malheurs m'avaient attendrie. Tous deux sans parens, sans amis, abandonnés à nous-mêmes, nous pleurions ensemble ; il partageait mes peines , et j'essuyais ses larmes. Bientôt un sentiment plus tendre fit place à la pitié, il m'offrit sa main, mais il ne lui restait pour tout bien que ses vertus , son courage : j'y joignis ma fortune pour le rétablir dans les droits de sa naissance. — C'est dans cet espoir que nous partimes de Hambourg.

VOLBAC *très-vivement*

De Hambourg, c'est le lieu de ma naissance.

JULIE *le regardant.*

Il me semble en effet....

VOLBAC *l'interrompt ; cette scène dès ce moment demande une grande rapidité dans le dialogue.*

Il m'y reste une sœur...... permettés......

connaîtriés-vous par hasard un riche négociant sur la grande place ?

J U L I E *promptement.*

Nous y demeurions. — Son nom ?

V O L B A C.

Est Oldimar.

J U L I E.

Oldimar ! — Vous voyés devant vous sa malheureuse fille.

W O L B A C.

Vous ! sa fille ! quoi vous seriés....

J U L I E.

L'infortunée Julie.

V O L B A C *avec transport.*

O ciel ! Julie ! vous Julie !.... eh bien ! reconnaissés, embrassés votre frère.

J U L I E.

Mon frère !....

W O L B A C.

Oui, je suis ce misérable Charles que son inconduite a éloigné du meilleur des péres.

J'ai changé de nom parce que j'étais indigne
de porter le sien. Ah ma sœur, il est mort
sans doute , en me chargeant de malédic-
tions.

J U L I E.

Il ne savait que pardonner.

W O L B A C.

Il ne m'a pas maudit ?

J U L I E.

Il vous aimait toujours. Le nom de Charles
fut le dernier qui sortit de sa bouche.

W O L B A C.

Grace au ciel , je respire ! cette parole m'ôte
un rocher de dessus la poitrine.

J U L I E.

Ah mon frère ! mais répondez..... Le nom
d'Adolphe vous est échappé , vous semblez le
connaître... Parlez , où est-il ? que je le voye ,
que je me jette dans ses bras !

W O L B A C.

Hélas !

J U L I E.

Vous détournez les yeux. C'est mon époux ,

je veux le voir ; quelque soit son sort, je dois
le partager.

WOLBAC.

Ah ! Julie....

JULIE.

Vous frémissez.

WOLBAC.

Il faut l'oublier.

JULIE.

Vous me percez le cœur. L'oublier! eh! pourquoi?

WOLBAC.

Fils de souverain... sa naissance....

JULIE.

Qu'importe.

WOLBAC.

Le rang qu'il peut occuper un jour....

JULIE.

Non, non.... son cœur ne peut changer.
Quel malheur lui est arrivé..... seroit-il tombé

entre les mains de ses ennemis ? A-
Ciel expliquez-vous ?

WOLBAC.

Je ne puis.

JULIE.

Ah cruel !

WOLBAC.

Vous le voulez ?

JULIE.

Je vous en conjure par la mémoire de notre
père.

WOLBAC. (tendrement).

Chère et malheureuse Julie !

JULIE.

Eh bien ?

WOLBAC.

Votre époux.

JULIE.

Adolphe ?.....

WOLBAC.

Est mort... assassiné....

JULIE.

Assassiné ! Dieux ! je me meurs.

WOLBAC. *(la soutient)*.

Vous l'avez exigé cet horrible secret.

JULIE. *(douloureusement)*.

Il est mort. — Ah ! ma prison ! ma prison !
J'avois perdu la liberté, mais il me restoit
l'espérance.

WOLBAC.

Couple infortuné ! vous avez celle d'être
vengé.

JULIE.

Quelle consolation ! hélas !

WOLBAC.

Vous devez l'être au moins de votre ravisseur.

JULIE.

Ah ! sans ce monstre, Adolphe vivroit encore, ou je serais morte avec lui.

WOLBAC.

S'il est vrai qu'il respire parmi nous , il sera
puni ; je le jure.

J U L I E.

Arrétés. Il ne me reste que vous seul dans le monde; n'allés pas vous per re , en provoquant la haine de mon persécuteur.

W O L B A C.

Ne craignés rien.

J U L I E.

Il est tout-puissant.

W O L B A C.

Il est coupable ; qu'il tremble , notre tribunal le jugera , ce tribunal redoutable que préside le juste , l'inflexible Robert.

J U L I E. *(effrayée)*

Que dites-vous ? Quel Robert. ?

W O L B A C.

Mon ami, mon bienfaiteur, mon souverain, le comte de Moldar.

J U L I E *(fait un cri)*.

Ciel ! c'est mon ravisseur.

WOLBAC.

Robert ?....

JULIE.

Lui-même.

WOLBAC.

C'est impossible.

JULIE.

Je le jure ; c'est lui dont les satellites vinrent m'enlever d'entre les bras de mon époux. —Epiés par nos ennemis, rejettés par tous les hommes, une caverne devint notre asyle, et ce tyran m'en fit arracher....

WOLBAC. *douloureusement.*

Non, non....

JULIE *continue.*

Avec la dernière inhumanité.

WOLBAC. *plus douloureusement.*

Non, non...

JULIE.

Tenés, interrogés cet étranger dont la pitié adoucit ma captivité.

Wolbac. *douloureusement.*

Non , non , non , je ne veux rien savoir.

J U L I E.

Je ne le connais que par sa générosité , qu'il vienne, qu'il réponde.

W O L B A C.

Que vais-je apprendre ?.... Je frémis , *(à Edmond qui est vers le fond).* Approchés et parlés avec force ; mais tremblés de calomnier l'homme juste. — Eh bien ! qu'avés-vous vu ?

E D M O N D.

Des gardes du prince qui entraînaient , sans pitié , madame en ce château,

W O L B A C.

Les misérables !

E D M O N D *continue.*

Occupé dans le voisinage , j'entends ses cris, j'accours et reconnais à leur tête....

W O L B A C *en tremblant.*

Qui ?

E D M O N D.

Le comte de Moldar.

W O L B A C *tombant sur une pierre.*

Dieux ! je succombe.

E

J U L I E.

Ah ! mon frère !

W o L B A c *les repousse.*

Laissés - moi , vous m'avés rendu le plus
malheureux des hommes. —Le coup est porté,
il est là , je n'en guérirai jamais........ jamais.
(avec la plus grande douleur). O Robert !
Robert... Robert !... cruel Robert !.....

S C E N E V I.

JULIE , WOLBAC , EDMOND , FALKER,

F A L K E R *accourt.*

Pourquoi ces cris ? Qu'est-il arrivé ?

W o L B A c *égaré.*

C'en est fait : la vie m'est en horreur. Le
tigre qui se jette sur le passant , la vipére qui
blesse le voyageur endormi , sont moins cruels,
moins féroces , moins perfides que la race des
hommes.

F A L K E R.

Quel trouble étonnant ! Wolbac !..... mon
ami !

W O L B A C *égaré.*

Des amis ! retire toi ; je n'en veux plus ; je n'en connois plus : la haine et le mépris , voilà les sentimens que je voue pour jamais à toute la nature.

F A L K E R .

Tu ne reconnais pas Falker ?

W O L B A C *revenant à lui.*

Comment ! c'est toi, mon cher... camarade. Ah ! si tu savais... (*à Julie et Edmond*). Gardés - vous de lui dire , il en mourroit de douleur ; et c'est assés d'un malheureux.

F A L K E R.

Quoi ! tu peux renfermer un secret ?

W O L B A C.

Il est affreux.

F A L K E R

Membre du même tribunal, comme toi , je veux, je dois le connaître.

W O L B A C.

Eh bien ! regarde cette infortunée qui implorait mon secours. Arrachée à son époux, et détenue dans ce château isolé, l'infamie l'y attendait. — Ce n'est pas tout : tu ne crois voir qu'une victime échappée à son ravisseur : reconnais l'épouse d'Adolphe, et la sœur de Wolbac.

F A L K E R *étonné.*

Ta sœur ! l'épouse d'Adolphe !.... et quel est...

W O L B A C *l'interrompt.*

Ne demande rien de plus ; il t'en coûterait le repos de ta vie.

F A L K E R.

Je sais la sacrifier quand mon devoir l'ordonne. — Quel est-il ? parle, je me charge de le dénoncer au tribunal.

W O L B A C *d'une voix sombre.*

Falker, ce soin la me regarde.

F A L K E R.

Encore une fois, quel est le coupable?

W O L B A C.

Frémis de le connaître.

(69)

F A L K E R.

Quelqu'il soit, l'équité sera mon guide. Eh
bien ?

W O L B A C.

Eh bien ! — c'est Robert lui même.

F A L K E R *avec douleur.*

Dieux ! qu'ai-je entendu ! Robert.... notre
ami !....

W O L A C.

I ne l'est plus.

F A L K E R.

On t'a trompé.

W O L B A C.

Plût au ciel ! je donnerais la moitié de ma
vie, pour pouvoir en douter.

F A L K E R.

On t'a trompé, te dis-je.

W O L B A C.

Eh ! tout est avéré. Voici la victime, voici
un témoin de son attentat.

E 3

FALKER.

Est-il possible ! que faire ?

WOLBAC.

Mourir s'il faut, mais avant tout être juste.
— Comme toi j'en ai fait mon idole, mon
cœur ne battait que pour lui , l'illusion est
détruite , tout ce qui respire m'est odieux ,
j'abhorre ses semblables , je déteste ce soleil
qui prête sa lumière à tant de forfaits, sans
nous laisser voir dans le cœur du méchant.
— Ah ! puisse une région au-delà des mers ,
quelque pays désert , quelqu'autre sauvage ,
me séparer pour jamais de cette engeance hy-
pocrite , qui sous le nom d'hommes , désho-
nore l'humanité. — Venés ma sœur, et vous
Falker, allons pour la dernière fois remplir
le devoir que nous imposent nos sermens.
Point de ressentiment sur tout , ne donnons
rien à la nature, rien à l'amitié , mais tout à
la justice.

EDMOND.

Et nous courons apprendre à Maurice le
succès de notre entreprise.

Fin du troisième acte.

ACTE IV.

SCENE PREMIERE.

Le théâtre represente un vaste paysage ; au milieu est le tombeau du vieux Moldar, sur le devant duquel est écrit en gros caractères : « IL NE FUT HEUREUX QUE DU « BONHEUR DE SON PEUPLE, *plus bas,* L'AN- « NÉE M. D. XXXVII ». *De gros chênes ombragent ce monument.*

WOLBAC, JULIE.

WOLBAC, *avec beaucoup de sensibi-*
lité.

Laissés moi respirer , j'ai besoin de toute ma force pour dévorer mes larmes. — Ah ! Robert, ce sont les dernières qu'il m'est permis de répandre pour toi..... *(avec dou-*
leur). Nous tromper si cruellement !.... déshonorer si lâchement la cendre de Sophie !.... non, je n'y survivrai pas.

E 4

J U L I E.

Au nom du ciel, modérés-vous.

W O L B A C *ému.*

Ah ! vous ne savés pas à quel point je l'ai-
mais !

J U L I E.

Abandonnons cette contrée funeste........
fuyons........ qui peut vous retenir?

W O L B A C.

Mes sermens , mon devoir. — Tous tant
que nous sommes, nous avons trempé nos
mains dans le sang des oppresseurs. Robert
l'est devenu lui-même ; il faut qu'il soit
puni.

J U L I E.

Pourquoi vous charger de ce triste em-
ploi ?

W O L B A C.

Je le dois.

J U L I E.

Vous frémissés pourtant.

WOLBAC.

Eh ! s'il n'en coûtoit , où seroit le mérite
d'être juste. Chère et malheureuse Julie , vous
ne savés pas tout

JULIE.

Eh bien ?

WOLBAC.

Le cruel, qui vous fit enlever, est lui-même
accusé de l'assassinat d'Adolphe.

JULIE.

Robert ?..

WOLBAC.

Votre ravisseur.

JULIE.

Le barbare !

WOLBAC.

Comme il nous a trompés ! Ce crime éteint
toute ma sensibilité. Non, Wolbac ne sauroit
être l'ami d'un ravisseur , ni d'un assassin.
C'est sur cette place que ses juges doivent
s'assembler. Quelqu'un vient , *(à Julie)* des-
cendés dans ce monument , quand il en sera
tems , je vous ferai paraître , qu'il tremble à
votre aspect , le châtiment l'attend. (*Elle*

entre dans le tombeau.) Que vois je ! Dieux ! c'est Robert lui-même. O reconnoissance ! amitié ! justice ! quels terribles devoirs je suis forcé de remplir.

Wolbac revient sur le devant du théâtre, et s'appuie contre un chêne, tandis que Robert paraît dans le fond.

SCÈNE II.

WOLBAC *sur le devant ,* ROBERT *dans le*
(*fond.*)

ROBERT *fixant le tombeau et d'un ton*
(*religieux.*)

Manes d'un père chéri, du meilleur, du plus grand des souverains, car ils ne sont grands que par l'amour des peuples : Ombre chère et sacrée, inspire-moi ces vertus bienfaisantes qui ont fait bénir ton règne, enseigne moi l'art de gouverner mes semblables, et fais qu'à ton exemple, je ne sois heureux que du bonheur de mon peuple.

Wolbac *sans être apperçu.*

Le perfide ! la prière est sur ses lèvres, le crime dans son cœur.

Robert.

Quoi ! Wolbac ici !

Wolbac *très sombre.*

J'avois besoin de recueillement : je l'ai trouvé près du tombeau de ton père. (*Avec expression.*) Contemple ce monument, il ne fut point élevé par des mains mercenaires, il n'est point arrosé de pleurs mandiés : chacun de ses sujets vint y porter une pierre, et nul ne passe ici sans verser une larme sur sa cendre, (*avec force*) Quel exemple pour toi !

Robert.

Hélas ! et qu'ils sont rares les souverains dont la mort fait couler les pleurs du pauvre !

Wolbac *l'interrompt.*

Il en étoit le père. La main du tems aura détruit ce mausolée et consumé sa cendre que son nom vivra encore dans la mémoire des hommes. (*à part.*) Qu'elle différence !

ROBERT *le regarde.*

Tu pleures ? Pourquoi ce trouble, ce regard sombre, égaré ? Tu te tais ! ah ! Wolbac ne suis-je plus ton ami ?

WOLBAC *se détourne et avec douleur.*

Plût au ciel que je ne t'eusse jamais connu !

ROBERT.

Que dis-tu ? Tu me caches un secret.

WOLBAC *le fixe puis avec une émotion étouf-*
(fée.)

Ecoute, ton cœur est-il pur ? ta conduite sans reproche ?

ROBERT.

C'est au tribunal à me juger.

WOLBAC *vivement.*

Au tribunal ! Il est inexorable.

ROBERT.

Il doit l'être. Inflexibles envers les autres, nous avons perdu le droit d'être indulgents envers nous.

W O L B A C.

(*A part.* (Qu'elle assurance ! (*Embarassé*) et c'est ici, dis-tu, qu'il doit s'assembler ?

R O B E R T.

L'ordre en est donné.

W O L B A C.

Tu peux le révoquer encore.

R O B E R T *surpris.*

Le révoquer !

W O L B A C.

Différons, crois moi, cette solemnité terrible. L'appareil d'un tribunal de sang ne
doit pas troubler ce jour consacré à l'allé-
gresse publique. Accorde moi cette grace.

R O B E R T *le regarde.*

Tu m'étonnes.

W O L B A C.

Il est encore tems.

R O B E R T.

Je ne puis.

W O L B A C *avec chaleur.*

Ne me refuse pas. — Je me jette à tes pieds,
je t'en conjure par mes sanglots, par l'amitié
qui autrefois nous unissait , par ton intérêt,
celui de ton peuple..... par la cendre que ce
tombeau renferme.....

R O B E R T *avec force.*

Wolbac, serais tu coupable ?

W O L B A C *embarassé.*

Moi.... Eh quel mortel peut lever au ciel
des mains innocentes ! et toi.... je t'ai vu le
plus juste, le plus vertueux des hommes.....
n'as tu jamais cessé de l'etre ?

R O B E R T.

Que veux-tu dire ?

W O L B A C *hésitant.*

Qu'il est mille passions.... mille intéréts....
mille écueils inconnus au vulgaire, où va se
briser la vertu des souverains.

R O B E R T.

Il n'est point de rang, de fortune, de di-

gnité qui puisse excuser un crime, ou ab-
soudre un coupable, égaux devant la loi, la
justice, comme le soleil, doit être commune
à tous.

(*Un garde se présente, Robert lui fait
signe qu'il va le suivre*).

Le tribunal va s'assembler. Si tu te sens
criminel, fuis malheureux, je puis encore te
parler en ami, bientôt je ne serai plus que
ton juge.

(Il sort).

SCENE III.

WOLNAC *seul*.

Toi, mon juge ! — va, tu viens de prononcer ton arrêt. Quelle tranquillité, quelle assurance perfide ! je me jette à ses pieds pour le sauver, et c'est moi qu'il menace ! (*avec force*). A quoi donc a servi le sang que nous avons versé, si à la cour de Robert, au sein même de ce tribunal, elle subsiste toujours, cette lutte impie entre l'humble vertu et le vice orgueilleux ! O souverains, souverains,

il est donc vrai que vous n'étes tous que des
monstres. On s'approche, préparons nous.
(Il se place du côté droit des spectateurs ,

sur le devant de la scène).

SCENE IV.

ROBERT, FORBAN, FALKER, WOLBAC,
d'autres conseillers , deux pages , des
gardes.

La marche commence par un détachement
des gardes du prince , qui va se partager les
deux côtés du théatre.

Ce détachement est suivi de deux pages
qui portent sur un coussin le poignard des
vengeances ; ils le déposent au milieu de la
scène , et vont ensuite se placer derrière
Robert.

Ensuite les différens membres du tribu-
nal , suivis de Robert.

La marche est fermée par des gardes qui
vont occuper le fond.

Il est de toute nécessité de donner à cette
scène un appareil assés pompeux pour ré-

*pondre à l'idée qu'on a pu se former d'un
tribunal si extraordinaire.*

ROBERT.

A - t - on averti le peuple , et reçu les
plaintes?

FORBAN.

Il ne s'en est pas présenté. J'ai traversé la
foule , et n'ai recueilli par tout que des bénédictions.

WOLBAC.

Point d'éloges, Forban , la louange est le
poison des souverains.

ROBERT.

A-t on nommé l'exécuteur des arrêts du
tribunal?

FORBAN.

Le sort a choisi Wolbac.

WOLBAC.

Moi?.... je ne puis.... je supplie le tribunal de m'en dispenser.

FORBAN.

Nos statuts le défendent.

F

ROBERT.

Il suffit : écoutés. — Depuis un an la destinée du peuple de cette contrée repose dans
mes mains ; c'est au tribunal à juger de l'em-
ploi que j'ai fait de mon autorité. Voici ce
même poignard que nous avons rougi du sang
des oppresseurs de cet empire : qu'il frappe
indistinctement celui d'entre nous qui aurait
eu l'audace de les imiter. Le bonheur public
est un dépôt dont je dois compte à mes sujets ; vous avés partagé avec moi le fardeau
des devoirs qu'il impose. Jugés moi, jugés
mais jurés d'être justes.

Tous étendent la main.

Nous le jurons.

(Il se fait un grand silence).

FALKER.

Adolphe est mort de la main d'un assassin,
Robert est soupçonné, je l'accuse.

ROBERT.

Adolphe est vivant ; j'ai découvert son
asyle, et j'abandonne ma tête, si dès demain
je ne le présente au tribunal.

F A L K E R.

Moi, je demande que les députés de Marbourg soient entendus sur le champ, et qu'il
soit enjoint à l'accusé de se justifier dans le
jour.

W O L B A C.

Je me joins à Falker. Point de délais en
justice, l'innocent en souffre, le coupable
en abuse.

*(Ils vont tous aux voix, à l'exception de
Falker et de Robert).*

F O R B A N *après un long silence..*

Le tribunal consent à suspendre son jugement et se convoque pour demain.

W O L B A C.

Ce n'est plus un simple soupçon, c'est un
crime avéré que je me vois forcé de vous dénoncer. — S'il existe dans la nature une propriété sacrée, c'est la liberté, un bien cher
aux malheureux ; c'est la compagne qui partage son infortune : s'il est enfin quelque
chose de saint sur la terre ; c'est l'honneur

F 2

de ce sexe sur qui repose l'édifice de la société, ce sexe que nous avons respecté jusques dans nos égaremens : eh bien ! tous ces droits sont violés. Une femme a été arrachée des bras de son époux ; enfermée dans une espèce de prison, elle ne devait recouvrer sa liberté qu'après avoir perdu l'honneur, et assouvi la brutalité de son ravisseur, *(avec force)*. Quel nom donnerés vous à ce monstre ?

FALKER.

Il n'est point à hésiter ; c'est un scélérat.

WOLBAC *reprend vivement.*

Et si ce scélérat est un de ces hommes que la fortune ou la naissance ne semble avoir élevés au dessus des autres que pour en faire impunément le jouet de ses passions : — comment le nommerés-vous ?.

FORBAN.

Un oppresseur.

WOLBAC *vivement.*

Et si cet oppresseur respire parmi nous qui

avons juré de les punir ; parlés, quel doit être
son châtiment ?

TOUS.

La mort.

FORBAN.

Et le coupable..... Quel est-il ?

WOLBAC.

C'est Robert.

FORBAN.

Lui.

TOUS LES AUTRES ensemble.

Dieux !

WOLBAC.

Saisit le poignard qui est devant lui, et s'é-
lan\,ont sur Robert , dit :

Et Robert périra.

FORBAN.

Arrête.

TOUS LES AUTRES ensemble.

Wolbac.

ROBERT.

Frappe, mais montre mon crime.

F 5

WOLBAC *vivement.*

Ton crime !

FORBAN.

La preuve.

TOUS LES AUTRES *ensemble.*

La preuve.

WOLBAC *furieux.*

La preuve ! je vais vous la donner. Qu'il tremble à l'aspect de sa victime.

(Il court au tombeau toujours le poignard à la main).

FORBAN *stupéfait à Robert.*

Que dit-il ? ta victime ! Robert ! serait-il possible ?

FALKER.

Ouï, frémissés.

ROBERT *étonné.*

Ma surprise est égale à la votre ; mais je n'ai qu'un mot à vous dire : point de grace au coupable.

SCENE V.

LES PRÉCÉDENS, WOLBAC, JULIE.

WOLBAC.

*Revient du tombeau, tenant Julie d'une main
et le poignard de l'autre.*

Approchés, venés confondre votre ennemi à la face du tribunal, (*il lui montre Robert*). Tenés, le voilà, reconnaissés Robert,
votre ravisseur. — Vous hésités !

JULIE.

Ce n'est pas lui, (*il font tous un mouvement de surprise*).

WOLBAC *immobile d'étonnement.*

Ce n'est pas lui ! quoi ! ce n'est pas la votre
ravisseur !

JULIE.

Non.

WOLBAC *après un silence.*

Dieux ! qu'allais-je faire ?

C'en est assez : voici le poignard qui m'a été
confié, vous avés vu l'usage que je voulais en

F 4

faire, je me suis rendu coupable , j'attends
mon arrét.

JULIE *se jette à leurs pieds.*

C'est moi qui l'ai trompé , moi seule je suis
coupable. Arrachée à mon époux, abandonnée
de toute la nature, au nom de mes malheurs ,
ne m'ôtés pas le seul appui qui me reste.

WOLBAC.

Levés-vous, vos plaintes sont inutiles.

JULIE..

Ah ! mon frère !

FORBAN.

Son frère?

FALKER.

Oui, vous voyés sa sœur et l'épouse d'A-
dolphe.

ROBERT *à Julie.*

Vous l'épouse d'Adolphe.

JULIE.

Qu'un assassin fit périr.

ROBERT.

N'en croyés rien, il vit, il respire. Demain, ce soir peut-être vous le presserés dans vos bras.

JULIE.

Il vivrait ! mon frère, qu'ai-je entendu !

WOLBAC.

Qu'on nous a trompés tous deux, (*à Robert*). — Ah Robert ! jamais.... non jamais je ne me pardonnerai de t'avoir crû coupable.

ROBERT.

Va, tout est oublié.

WOLBAC *pénétré*.

Non, Robert, non mon ami. — Que le tribunal prononce, et se repose sur moi du soin d'exécuter l'arrêt.

ROBERT.

Eh bien ! vous que j'ai appelés autour de moi, pour éclairer les actions de mon règne, et défendre les droits de mon peuple, prononcés sur le sort de votre collègue : mais

songés qu'il voulait être juste et qu'on peut
se tromper sans devenir coupable ; (*les mem-*
bres du tribunal vont aux voir, (à Sophie)
Ne vous alarmés pas, Madame, une erreur
n'est pas un crime, et l'on ne punit ici que
les criminels.

J U L I E.

Ah ! je le suis sans doute, mais c'est sur moi
seule que doit retomber votre colère.

R O B E R T.

Tout ressentiment est indigne d'un juge, si
son devoir est d'être juste, il peut au moins
respecter le malheureux.

(Les membres du tribunal se séparent)

F O R B A N.

Le tribunal, quoique persuadé de l'équité
et de la droiture de ses intentions, improuve
hautement la conduite de Wolbac, (*à Ro-*
bert) ; mais le fait t'étant personnel, il te croit
assés juste, pour oser s'en remettre à ta dé-
cision.

R O B E R T *avec transport.*

Eh bien ! Wolbac, embrassons-nous. — C'est

d'aujourd'hui seulement que je connais tout le prix de ton amitié. Ah ! mon ami , puissent les souverains n'être environnés que de gens qui te ressemblent ! (*à Julie*). Voilà votre frère , madame , je m'engage à vous rendre votre époux , et bientôt, si tel est le vœu du peuple , il rentrera dans l'héritage de ses pères. Donnés lui vos vertus , il sera digne de régner.

(*Ils se disposent à sortir*).

SCÈNE VI.

LES PRÉCÉDENS , un *officier de garde.*

L'OFFICIER ACCOURT, à ROBERT.

Un mouvement extraordinaire se fait appercevoir dans le château et les environs. Une foule d'étrangers s'est mêlée parmi le peuple , et cherche à l'égarer. J'ai crû devoir vous prévenir, j'attends vos ordres.

FORBAN.

Il faut les arrêter.

ROBERT.

Sur de simples soupçons ?....

FORBAN

Quelque trahison se prépare, je le répète,
trop d'indulgence enhardit au crime.

ROBERT.

Trop de sévérité le fait naître. — Loin de
moi la crainte et la défiance, elles ne doivent
entrer que dans le cœur des tyrans ; les amis,
les héritiers des grands que notre tribunal a
punis, se sont, je le sais, tous réunis contre
moi : je les attends, nous verrons ce que
peut une ligue d'oppresseurs et d'esclaves,
contre un souverain juste et ami de son
peuple.

Fin du quatrième Acte.

ACTE V.

SCÈNE I.

Le Théâtre représente un superbe sallon dans le château de Moldar.

A D O L P H E *seul, un poignard à la main.*

C'est donc ici la demeure de Robert, ici qu'on m'a dit de l'attendre. — Qu'il me tarde de voir ce perfide, de le punir de tous ses attentats ! — O mon père ! ô Julie ! excités mon courage, aiguisés ma fureur : que je périsse ; mais que je sois vengé. — Quelqu'un vient...... *Il s'avance, inquiet, sur le devant du théâtre qui n'est éclairé qu'à demi*

SCÈNE II.

ROBERT, JULIE, ADOLPHE, Un officier de garde.

R o b e r t *(à Julie dans le fond).*

Ne craignés rien , madame, il peut parai-

tre en sûreté *(à l'officier)*. Vous allez avertir
les députés de Marbourg que je puis les entendre.

A D O L P H E *sur le devant , à part.*

Les députés de Marbourg..... C'est Robert
lui-même... Je frémis... Ecoutons...

J U L I E.

Je vous devrai plus que la vie.

A D O L P H E.

à part. Me trompé-je !..... Julie !..... Ven-
geons-nous.

R O B E R T.

J'ai causé vos malheurs , je veux les terminer.

A D O L P H E.

A part. Les terminer ! O monstre !

R O B E R T.

Vous ne regretterés pas d'être tombée entre
les mains de Robert.

A D O L P H E *s'élance sur lui.*

Entre tes mains ? scélérat ! meurs.... (*au*

moment où il veut le fraper il le reconnait
et laisse tomber le poignard.) Dieux ! c'est
mon bienfaiteur. (*Il reste pétrifié.*)

Robert *étonné.*

Adolphe !

Julie.

Mon époux.

Robert *après un silence, d'un air calme.*

A Julie. Je vous l'avais promis , Madame.
A Adolphe. Adolphe je voulais vous surpren-
dre , voilà votre épouse.

Adolphe.

Julie !

Julie.

Qu'allais-tu faire ? malheureux !

Adolphe.

Venger mon père, punir ton ravisseur.

Julie.

Lui ! mon ravisseur ? on t'a trompé.

Adolphe.

Qu'entends-je !

ROBERT *à Adolphe.*

Oui, j'ai tué votre père , mon tribunal
l'avoit jugé. Si vous osés affirmer qu'il fut
un souverain juste , reprennés ce fer ; vous
me devés la mort : s'il ne fut qu'un oppresseur,
j'ai droit à votre estime.

ADOLPHE *après une pause , tombe à
ses pieds.*

A mon admiration . . . A ma reconnoissance... Ah ! Robert !

JULIE *à ses pieds.*

Pardonnés.

ROBERT.

Voici les députés... levés-vous... ramassés
ce poignard , ils croiraient que nous sommes
ennemis. (*Aux députés.*) Approchés.

SCENE III.

LES PRÉCÉDENS , LES DÉPUTÉS.

LE PREMIER DÉPUTÉ.

Que vois-je ? Adolphe !

Le deuxieme Député.

Notre souverain ?

Robert.

Lui-même que vous avez dépouillé, proscrit , persécuté.....

Le premier Député.

Ah ! n'imputés qu'aux factieux cette horrible injustice. Le peuple en est indigné.

Robert.

Ce n'est pas tout : il faut la réparer.

Le premier Député.

Comment ?

Le deuxieme Député.

Par quels moyens ?

Robert.

(*Aux députés*). Vous, réunir vos amis et
démasquer les traîtres ; vous, paraître au milieu de vos sujets ; ils n'ont eû jusqu'ici que
des tyrans pour maîtres ; montrés leur un père
et tous les cœurs voleront au devant de
vous.

G

ADOLPHE.

Et les factieux !....

ROBERT.

Les loix les puniront. Je ne puis disposer des trésors de l'état, ni du sang de mon peuple ; mais ma fortune, ma vie, tout est à vous.

JULIE.

Ah Robert !

LES DÉPUTÉS.

Quelle reconnaissance !

ADOLPHE *aux députés.*

Ah ! mes amis, vous l'avez entendu.... Je venais pour l'assassiner.

ROBERT *l'interrompt.*

Il voulait venger son père (*à Adolphe*). Il te reste un moyen plus noble d'honorer sa cendre ; établissons une lutte généreuse ; donnons à la Germanie le spectacle nouveau de deux souverains , s'efforçant à l'envi à faire le bonheur de leurs peuples. Voilà la seule vengeance digne de nous.

ADOLPHE.

Et la seule que j'ambitionne. Ah Robert !

SCÈNE IV.

LES PRÉCÉDENS, FORBAN *à la tête de
plusieurs gardes qui se rangent d'un côté.*

FORBAN *accourt et derrière la scène.*

Aux armes ! aux armes ! un complot affreux
vient d'éclater, des milliers de conjurés , sortis
des fossés et des souterreins du château , se
réunissent sur la grande place, dans six mi-
nutes le palais est assiégé. Ordonne.

ROBERT.

Quels sont nos ennemis ?

FORBAN.

Je l'ignore, l'obscurité les cache.

ADOLPHE *vivement.*

Ah ! quels qu'ils soient, permets....

ROBERT.

Arrête... Tu te dois à ton peuple, apprends de moi à le respecter.

ADOLPHE.

Il peut être égaré.

ROBERT.

Il faut donc l'éclairer, et non pas le combattre.

SCENE V.

LES PRÉCÉDENS , FALKER *suivi de quelques gardes qui vont occuper le fond.*

FALKER.

Le chef des révoltés qui occupent le château se fait en ce moment proclamer souverain. On en veut à tes jours, je viens pour les défendre ou mourir avec toi.

FORBAN.

Quoi au milieu de ton peuple.

SCENE VI.

LES PRÉCÉDENS, WOLBAC *accompagné*
de beaucoup de gardes.

W o l b a c *vivement.*

Ah ! Robert, souviens-toi de la journée de
l'aumônier , voici l'instant de m'acquitter
vers toi *(il revient et lui saisit la main)* Ah !
mon ami, mon bienfaiteur, s'il me reste un
regret, c'est de n'avoir qu'une vie à'perdre pour
toi, *(aux soldats).* Vous , gardés cette porte;
vous, suivez moi. Malheur aux misérables !

(il s'en va).

R o b e r t *lui crie.*

Qu'on épargne le sang.

W o l b a c *en s'en allant.*

Ils ont proscrit le tien , *(il sort avec sa*
troupe).

R o b e r t *à* W o l b a c.

N'importe, je veux leur pardonner. Falker,

G 5

suivés ses pas, arrétés sa fureur, il est affreux, impie de triompher de ses sujets (*Falker sort*). Que dis-je ! on vient de proclamer un nouveau souverain : s'il l'est par le vœu du peuple, qu'il se montre, qu'il paraisse, c'est à moi à lui céder la place.

(on enteud du bruit derrière la scène).

SCÈNE VII.

LES PRÉCÉDENS , EDMOND.

E D M O N D *l'arme à la main et s'adressant*
(à sa troupe.)

C'est Robert qu'il nous faut, c'est lui qu'il faut chercher.

F O R B A N.

Oses-tu bien ! malheureux ! (*il s'avance*
sur Edmond.)

R O B E R T.

Forban , mes amis , arrétés.. (*il va à Ed-*
mond.) C'est Robert que tu cherches : le voici. Voyons : oseras-tu lever la main sur ton souverain ?

F o r b a n

Sur le plus juste des hommes ?

Edmond *après une pause, tombe aux pieds*
de Robert et avec explosion ,

Non , et j'abjure à tes pieds l'attentat horrible qui m'étoit ordonné

R o b e r t *étonné.*

On te l'a ordonné ?

E d m o n d *appercevant Maurice.*

Il vient, éloignés-vous , fuyés ou craignés
sa vengeance. (*il se jette entre Robert et*
Maurice qui entre conduit par Wolbac et
suivi d'autres.)

S C È N E V I I I.

LES PRÉCÉDENS , MAURICE , WOLBAC, FALKER *et soldats.*

W o l b a c.

Ne craignés rien , le peuple a désarmé les
rebelles et voici leur chef.

ROBERT *étonné en reconnoissant Maurice qui se tient de manière à n'être pas reconnu d'abord.*

Mon frère !

WOLBAC, FALKER, FORBAN *étonnés.*

Maurice !

JULIE.

Dieux ! c'est mon ravisseur.

ADOLPHE.

C'est ce monstre qui par ma main vouloit t'assassiner

ROBERT.

M'assassiner ! qu'ai-je entendu ?

MAURICE *à Robert*

La vérité. Oui, je suis ton frère. (*à Julie*) Votre ravisseur. Rebelle, factieux, assassin, j'ai commis tous les crimes. Prête-moi ce poignard, je m'en punirai, ou frappe toi-même, et remplis ta vengeance.

TOUS *à l'exception de Robert et Wolbac.*

Oui, vengeance.

On fait un mouvement pour se saisir de lui.

WOLBAC s'élance au milieu d'eux.

Arrêtés, la loi seule doit le punir. Nous sommes assemblés : je demande que le tribunal s'ouvre, et qu'il soit jugé sur l'heure. *Les membres du tribunal font un mouvement pour se placer.*

ROBERT *intercédant.*

Mes amis.

TOUS.

Non, non.

ROBERT.

C'est mon frère.

FALKER.

Il est coupable.

ROBERT.

Je lui pardonne.

WOLBAC.

Point de pardon, tu l'as dit, la justice comme le soleil doit être commune à tous. Je l'accuse.

ROBERT *avec chaleur.*

Au nom du sang qui nous lie...

WOLBAC *vivement.*

les liens du sang ! il les a brisés tous.

FORBAN.

Il a proscrit son père.

ROBERT.

De votre amitié pour moi.

WOLBAC.

Il enleva Julie.

ROBERT.

Elle est rendue.

FALKER.

Il attentait à ta vie.

ROBERT.

N'importe.

WOLBAC.

Justice, voilà notre devoir.

TOUS.

Oui, justice.

ROBERT.

Grace , grace.

WOLBAC.

Point de grace au coupable : je te poignar-
derais pour lui. (*Aux membres du tribunal.*)
Vous connaissés ses crimes , prononcés , quel
doit étre son châtiment ?

TOUS.

La mort.

ROBERT *avec dignité.*

Eh bien ! écoutés. — J'ai renoncé solem-
nellement à tous ces priviléges qui ne produi-
sent que des despotes et des esclaves ; mais
souverain par la volonté du peuple , j'ose ré-
clamer un droit attaché à mon rang, un droit
sacré , le plus doux , le plus cher à mon cœur,
celui de faire grace. — Je pourrais en user ,
je la demande à vos pieds.

(*Il se jette à leurs pieds*).

ADOLPHE ET JULIE *assis à leurs pieds.*

Nous la demandons tous.

MAURICE.

Et moi je la refuse, (*à Robert*) plus que
tous mes forfaits ta clémence m'accable. —
J'ai voulu m'emparer de cette souveraineté,
t'arracher le jour. Le destin m'a trahi.... Je
dois m'en punir.

(*Il saisit le poignard d'Adolphe, se frappe
et tombe entre les bras des soldats qui sont
derrière lui*).

ROBERT.

Arrête.

MAURICE *d'une voix faible*

Ravisseur, assassin , parricide...... puisse
ma mort expier tant de crimes !

ROBERT..

Dieux ! il expire.

FORBAN.

Il s'est fait justice.

ROBERT.

(*Il fixe Maurice, et dans le plus profond
accablement*).

Quoi ! toujours du sang ! Dieux ! m'avés

vous condamné à le voir couler sans cesse ?
Plus de père ! plus d'épouse ! plus de frère !
O fatalité ! voilà ton ouvrage. — Eh bien !
Adolphe, Julie, c'est donc à vous à me tenir
lieu de tout ce que j'ai perdu. — Le fardeau
des devoirs , le poids des chagrins ont fatigué
mon ame : puissé-je en être dédommagé par
l'estime de mes amis, et le bonheur de mon
peuple.

FIN.